참 회

이상황 제2시집

시음사
시사랑음악사랑

시인의 말

인생 살아 숨 쉬는 소중한 감사하는 마음
눈높이 신중함 어디에 두는지 생각해 보며
책을 이 세상에 펼쳐내는 심정
감히 떨리는 마음이니
조심스럽게 세상 문을 두드려 보는
소통하는 마음자세로
글이란 소통에 길이라
소중함을 중요시 여기며 다시 한번
되새겨보며 제 목숨 다음으로
생각하는 심정으로
혼 열의 힘을 다 쏟아 부어지는
어느 때는 글을 쓰다 졸도하는 가운데에서도
열정적인 정열로 쓰러지는 한이 있어도
오뚝이같이 다시 일어나는
애틋한 마음으로
써 내려가 독자님들에게
바치는 심정입니다
이 글을 보아 주시는
독자 여러분께 감사드립니다.

시인 **이상황**

목차

목차

목차

참회

복을 거품처럼 부픈 짐
악인들의 꾀임에 복종하는 자들은
텃밭이 될 것이며

죄들만 쌓이고 싸여
산을 이룬다네

오만한 자들이여
자리에 치중하지 아니하고

오직 천지를 이루신 분을 받들어
율법을 즐거워하고

그분의 율법은 밤과 낮 구분 없이 받들고
묵상하여 참회 하도다

행동으로 실행하다

복을 넘쳐 받는 자들은
율법을 즐거워하며

무와 죄
율법에 주, 야로 묵상하느냐
행동으로 옮기지 못하느냐
갈림길에 결정된다는 것을

즉
시냇가에 심어놓은 나무들을 보아라
계절 따라 열매를 맺지 않는가
그 잎사귀를 보아라

잎사귀들이 탱글탱글 윤기가 나는 것
행동으로 관심 보살핌
그 잎사귀가 마르지 않다는 것을
그분의 하시는 모든 일이 다 형통하리라

어울리지 못한다

악인들은 더러운 악취가 진동할 뿐
죄에 굴레의 비중이
눈덩이 아니 산 높이 만큼이요

천지를 이루신 분 부르심을 받은 자는
의인들이니

그러므로 악인들은 심판을 두려워하며
악인은 진흙탕 속을 흠모하니

의인들에 향긋한 향취 속을 느끼지 못하고
어울리지도 못 한다

의인들의 길은 인정하시고
악인들의 길은 멸망 시키리라

나라의 흐트러짐이

빈곤과 결박 아픈 일들만 형성하니
민족의 경영이 엉망 이니라
하도 답답하니

군왕께서 나라의 존폐를
망치는 자들을 응징하니

관원들을 과감히 버리시고
그 더러움에 맨 것들을
끊어 버리시고

그 손에서 새로운
세상을 바꿔 놓으시며
하늘에 계신 자들의
웃음꽃이 활짝 만연하게
피어오른다

분노하시다

분노하심이
모든 이들이 놀래어
그분께서 왕을 세웠으니

왕이 그 분수도 모르고
그분을 몰라보시고 머뭇거리니

그제서야
그분이 말하시길
내가 너를 탄생시켜
세상 모든 것을 주리
네 소유가 땅끝까지 주리니
아버님이 깊으신 뜻을 헤아려
감사 감사 고개 숙여 뜻을 받들도다

하나님의 말씀

하나님의 그런즉
군왕들아 너희는 지혜를 주리니
또한
관원들아 교훈을 받을지어다
그분에 고마움에 감복 받아

하나님에 경의함과 존경함이 몰려와
마음 한구석에 그분을 섬기고

그분에 영롱함에
몸을 떨며 숙연해지며 긴장을 풀어
즐거워하리라

복종하라

예수님에 의중을 헤아려라
그렇지 아니하면 진노하심이
천지를 흔들어 너희가 가고자 하는
길마다 망하리니

그 진노가 하늘을 찌르시니
하나님을 의지하는 자는
만개 형통할 것이며 흥하리라

보호하라

악인들의 잔치 속에
의인들이 묻혀
악인들에 입방아 소리
오르내리니

의인들에 밝은 세상이
여는데
걸림돌이니

주에 방패로 보호받으니
의인들에 영광일 뿐

의인들의 목소리로 여호와께
부르짖으며
그 성산에서 응답하시는 도다

두렵지 않다

의인은 두렵지 않다
천만인의 악에 무리들이
나를 삼켜 먹는다 할지라도
나는 두려워 아니하리니

여호와여 일어나소서
나의 하나님
나를 구원하소서

주께서는 천만 악에 근원들을
원수의 뺨을 치듯
사그라뜨리니
악인들을 모두 멸망시키니

오직
구원은 여호와께 있사오니
주의 복을
주의
백성에게 내리소서

기도

하나님이시여
제가 곤란
지중에 사경을
헤매듯

손을 잡아 주시는
하나님이시여
내가 부를 때
응답하소서

나를 불쌍히
가엾게 여기시여
나의 기도를 들어
주시옵소서

이미 늦으리

인간들이여 어느 때까지 나의 영광을
욕을 보이랴
의중은 헤아리지 못하고
쓸데없는 일에만 치중하니
보람 있는 일들을 얻지 못하니

모든 게
헛일
헛수고이니
너희들이 좋아하는 것들은
쉽게 얻을지는 몰라도

창고에 모아놓은 복들이
야금야금 사라진다는 것을
아느냐! 모르냐!

간사스럽고 교묘함
속임수들이 난무한다지만

시간이 잠시 흘러보면
그제서야 깨달을 것을
그땐 이미 늦으리니

경청

여호와께서는
의인들을 세우시고 택하시니
너희는 알지니

내가 부를 때에는
여호와께서 경청하시니

너희들을 죄를 뿌리고 다니니
마음속 한구석에는

그나마 양심이 숨겨있으니
떨며
뉘우치지만

그 마음은 잠잠하고
고요함을 원하리라

남겨 놓으시니

여호와께서는
전신갑주를 남겨놓으시니
우리를 위해 입힌 것이 아니고
입을 수 있게 만드시기만 하셨다

삶 속에서
느끼고
생각하고
행동으로 움직임들이

나의 두 선분을 놓고
올바른 길이냐!
그르치는 길이냐!

알아서 판단하고
행동할 일인걸

세상 모든 이들

우리들 중 누가 선을 보일 자
누구요 하더니

여호와께서는 주의 얼굴을 들어
우리에게 수정체보다도
더 맑고 맑은 빛들이 쪼개져
빛에 반사의 빛이 강렬하게
비추소서
주께 마음에 두신 자들
기쁨은 만끽할 것이니

곡식과 새 포도주의 풍성할 때보다도
더 황홀할 것이니

내 몸과 마음을
이 세상에서 가장 편안을 느끼며
나를 알아주시고 인정해 주시는 분은
오직 여호와시니라

간절하오니

여호와께서 내 말에 귀를 기울이사
나의 간절함을
불쌍히 여겨

행운과 복들이 부름을 받아
세상 속에 넓게 골고루
뿌려 주셔서

세상사 모든 일들이
즐거움이 넘치는 세상을 만드소서

나의 간절함을 심사숙고하시어
통촉하소서

나의 하나님

영롱하신 나의 왕
하나님이시여
나의 간절히 부르짖는
소리를 들으소서
내가 주께 기도드리옵고

주께서는 죄악의 근원들을
격멸하시고
악이 숨 쉬는 것을
함께 나란히 유지하지 못하고

모든 죄악의 싹들을
멸하시어
밝은 세상을 열어가시니라

경배하리라

오만불손한 자들이여
주의 목전에 서지 못하리니
주께서는 모든 행악 자를 미워하시며
거짓말을 난발하는 자를
멸하시리니

여호와께서
피 흘리기를 즐기는 자
남을 속이는 자를
격멸하시니

오직
나의 주의 풍성한
인자한 자를
집에 들어가

주를 경외함으로
성전을 향하여
하나님을 부르짖으며
경배하리라

원수

나의 원수들을
사랑으로 보듬어 주시니
마음에 꽃들이 피어오르니

원수가
사랑과
배려가
묻어나와
사랑으로
변하리

여호와 이시여
주의 의로 나를 인도하시여
주의 길을 올바른 길로
내 목전 앞에
곧게 피게
하소서

어두운 마음

저희 입에 나온 말들을
믿음직하고 착실함이 없으니

저희 마음속이 심히 악하며
저희 목구멍은 열린 무덤 같고
저희 혀로 아첨 하나이다

하나님이시여

저희 죄가 있다고 가능하시니
그 허물들이 내게로 돌아오니
또한
꾀에 구덩이 덫에 걸려 버리니

그 많고 많은 잘못 저지른 실수들만
들끓고 있으니
저희를 내쫓으소서

저희는 주의 은혜를 저버리고 배반하더니
오직 주에게 잘 따르는 자
기쁨만 넘칠 것이며
주의 보호와 인도함을 받으니

영영 기뻐 외치며 주의 이름을
사랑하는 자들을
주는 즐거워하리라

뉘우침

여호와여
주의 말씀 속에 제 잘못을 허물이나
잘못함을 꾸짖고
잘못함을 나무라 주시니
견책을 느끼고 되새기니
제 온몸에 떨림을 감당하기 어려우니

주의 진노로 나의 잘못을 지적해 주시니
나의 잘못함은 되돌아오니
뉘우침으로 받아 주시옵소서

주의 나무라 지심이
뉘우침으로 넘고 넘어
제 마음에 죄들이 씻겨 내려가는
빨래판인 것을

여호와여

내가 몹시 야위고
마른 듯하니
불쌍히 여겨 돌보아 주시옵소서

나의 뼈가 떨려 내리니
떨림을 가라앉게 하소서

나의 영혼도 심히 요동치니
언제까지 나의 잘못을 꾸짖으시는지요

나의 영혼을 아껴 주시니
인자하심은 어루만져 주시니
영혼에 용서라는 공기를 받아

나를 구원하시니
하나님의 은혜에 성축을 받으니
감사 감사드리옵고
아멘

한탄

한탄하여 한숨을
들이켜 씹으니

곤핍하면 탐관오리에 묻혀
컴컴한 어두운 곳에서

눈물만 주르륵 흘리네
백성이 차곡 쌓아놓은
곡식들을 띄우니

곡들이 울려 퍼져
그 쓸쓸함은
온 세상에 퍼지리니
내 마음을 적시리라

사하시니

간절함은 들으시니
제 절실한 기도를
받으시니

내 모든 원수가
모욕과
부끄러움을 사하시니

심히 전구 하여
홀연히 부끄러움에
모두 물러 가리요

근심

눈가에 근심이
더덕더덕
걱정이 산이요
바다요

끓어오름이
하늘을
차오르니

내 몸 또한
쇠하여

내 모든
이들과 대적하니
마음 또한
근심 걱정뿐이요

행악을 일삼는
무리를 이루니
너희는
나를 떠나가라
하심에

여호와께서

내 곡성을 들으셨다

죄매

주를 피하니
악의 죄매가
나를 감싸니

주여
풀어 나를
쫓는 모든 자를
물리치시어

나를 구하여
건지소서

악물

서로 의좋게
지내는 정분
한 자들을

악으로 몰아
구렁에
빠트리거나

수많은 무리
무고한 이들을
빼앗거든

원수들을
쫓아 잡아
그 악물들을
땅에서
짓밟고

영광을 받아
그 무리들을
진토에서
떨어지게
하리오

버리지 마소서

진노의 끓어오름은
천지를 흔드니
대적들의 노를 막으시며

높은 곳에 계셔도
낮은 자를 하감

멀리서도
교관함
욕을 보이는
자를 아시나니

주의 인자하심이
우주에 끝없는 영원이오

주의 손으로 창조물을
버리지 마옵소서

웃음꽃

악물들에 텃밭
갈아엎고
끊어 주시니
바른길로
세우소서

성령 인도하심이
사랑의 심장
활력에 불을 지피소서

세상 밖을 눈으로
온 천지의
눈으론 볼 수 없는
빛으로
온 세상을 보이게
하소서

모든 이들을 사랑으로
감싸고
아껴주는 마음만 넘치고
부어 주소서

온 세상 웃음꽃만
피우게 하소서

권세

뉘우침 없이
갈고 닦음
원하는 것
얻으매

기도하여
의인 죄악
다스림이요

죄악 잔재로
끓어오름이요

다시 태어남에
권세를 얻었다

위대하신

주여
주의 이름이
빛나
우주와 땅 사이
공간 속에서
널리
주의 영광
하늘에
땅 선상에서
울려 퍼지니

주의를
대적하는 자 현존하지
않으니
우주 세상 속은
편하고 잠잠하리라

구원 하소서

여호와께서는
만민의 근원이시여
나의 죄를 심판하러
오시는 가운데
나의 행적을 보시고

심판 하시어
나의 성실함으로만
판단하지 마시고

여호와 뜻에 반하는
행동을 안으소서

나를 불쌍히 여기시어
구하시옵고

악의 무리 속에서 나와
밝은 바깥세상 믿음으로
인도하시옵소서

반성

잘못 뉘우침 없으니
엄중히 죗값 물으시니
뉘우침 느끼게 할 것이오

위대하신 여호와 이시여
뉘우침으로 속하니
악인 죄악 소멸이오

여호와께서
기뻐하심
웃음꽃 잔치하시네

주의 이름 드높다

전심전력 신중함에
여호와께서
감사함을 전하니

나 또한 주를 뵐 때면
즐겁고 기뻐하리오

높고 높은 주의 이름이요
주의 이름으로 찬송함이요

주의 거미줄 감김 되돌려
원수들을
물러가게 해주시니
악물들을
망하고 망함이요

악인 멸망

열방
책사 하시니
악인 멸망 길
사그리오

저희 이름
드높여 주시니

이리저리 임시변통
변명 피하니

원수 끊어져
영영히 멸망함
잊지 않으시니

성읍들은
단숨에
허물어 버리니
주께서는
기억할 수 없나이다

높은 곳 심판

여호와께서는
높은 자리
올려 볼 수 없는
높은 자리
앉으심에

심판하심에
보좌를 차
앉으시니

공의로
온 세상
심판하심에

정직만이
공정함만이
행적들을
판단만 하심에

뭉클한 감동 소리
들리니
하나님
인자하심에
감동
눈물 흘리네

주를 찾으리

주의 거룩함을
아는 자는
주만 의지함이요

주께서는
주를 찾는 자를
보듬어 주시고
사랑으로 안으시니
기뻐하리오

주를 의지함만으로
행복이오
넘침이니
내 마음 화통뿐이요

공평

시온에 위대하신
여호와를 찬송하니
널리 울려 퍼지리니

백성들이 들으니
환송받더라

어려움에 봉착
받고
고통받는 자여
피 흘림
가난한 자들의
부르짖음
잊지 아니하시니

하나님은
모든 것을 기억하고
기록하시니

공정함은
형평성을
알게 해주네

악덕

악인 악덕
산만큼 쌓인지라

스스로 죄를
씻을 길을 생각하니

하나님께서
잠시 잊은
틈을 타

악덕을 일삼는 악인
결국
하나님께서는
모든 죄악 알고
계시니

악에 근원
성난 파도 밀듯이
쓸어버렸느니라

심판

얼치게 치이며
인생사
승리 얻지 못하게
하시니

하나님께서 크게
실망시킴에
크게 낙담하시니

곧 받은 죗값이시니
원망하지 마라

너희들은 곧 죗값
심판을 받을 것이라

본보기

여호와께서는
멀리 서시고
높은 곳에서
내려 보시니

약한 자들은
등잔 밑이
어둡다는 것을 모르니

빛을 비추면
밝다는 것만 아니
양지가 있으면
음지가 있듯이
그런 이치를 모르니
죄만 온몸에
뒤집어 덮고
산다는 것에

하나님께서는
분노하시여
불로 태워
탄재로 만들어
온 세상에
본보기로
뿌리 리오

탐욕

악인 마음 욕심
가득하고

자랑하여
탐욕
쾌락만
일삼는 자
어찌 그 죄를
받을 것이니

여호와께서는
분노하시여
멸망시킬 것이다

죄는 첩첩산중

교만한 낯짝으로
말을 뱉기를
여호와께서 둘러보시고
모든 행동거지 알아 버리시니

그 두꺼운 낯짝은
자기 죄 넘침 모르고

하나님께서 방심함
있다는 착각에
모르실거라 상념 하니

길은 대로요 탄탄하지만
주의 심판은 높고 높은지라

낯짝들은
하나님의 능력
알지 못하니
죄만 첩첩산중이더라

저주

입가에는 거짓과 포악함이
주렁주렁

충만하니 저주의 그늘에서
벗어나지 못하니

떠벌리는 혀끝에는
더러운 잔재와 죄악만
그 주위에 담장 높이 만큼
무성하리요

구원 하소서

사자가 포획을 하기 위해
엎드려 숨어서
먹잇감을 감고 있지만

덫 모양 꾸며
먹잇감 덫에 걸려
포획 당하니

먹잇감 가련한 자들
덫에 넘어 쓸리니

하나님께서
사자 눈을 가리시니
영원히 보지 못함이니

여호와여
세우소서
하나님께서는
가련한 자들을
잊지 마소서

찬양

악인들이 겁도 없이 설침에
하나님께서 노하시며
악인들을 멸하시도다

주여 악인들을 감찰하시어
기도 올리니
주께서 보시고
재앙과 원한을
감찰하시니

주의 손길로서
갚아 주시니
가련한 자들이
주를 의지하고
찬양 하나이다

멸망

여호와께서는 영원
우주 창조주
왕이시니

나라를 엉망진창으로 이룬
구렁텅으로 빠뜨려
비벼 놓은 것들
모두 멸망하였나이다

여호와여 주는 겸손한 자
소원 성취를 이룸에
저희 마음마다 구심점
예비하는 자들
귀를 기울여 들으시고
심판으로
세상 악물들에 다시
위협받지 않게 하시니라

턱판 무너뜨리다

악인들이
내 영혼 더러
천국 세상
도망가라
유혹하지만

악인이 활을
당기고

살을 시위에
덧붙여 입힌
마음이 올바른 자
어두운 곳
향하여
쏘려 하는 도다

이런
악물들이
턱판을 무너뜨리니
의인께서 나서서
악물들을 응징하여
새판을 다시 짜리오

죗값 털고 일어나라

판단함이 흐려지니
눈 또한 망령이
얽히고설켜 있으니

여호와를
두려워하는 자를
모두 마음에
죗값을 털고

서운함 없이
죄를 토해내
하나님께서
영롱함 받아
복을 받을 지어라

뇌물

정정당당히
대금이
오가는 없이

뇌물 속에서 더러운
구정물 흐르니
어찌하여
무죄다
할 수 있겠나

하나님께서는
유죄로 다스리오

아멘

여호와께서는
나의 보물이시고
산업을 이루시고
나의 잔 소득이시니

나의 분깃을
지켜주시니
감사 감사
또 감사

아멘

풍요로움

여호와께서
내게
줄에 끈을 재어
주심에

구역 또한
아름다움과
풍요만 있는 곳이
나의 기업 재산
지킴이
아름답도다

즐거움의 원천

여호와를
정중히
하늘 뜻
받들어 모심

여호와께서
우편에 계시니

내가
감당함을 느끼니
내 마음이 설렘
축복받으니

기쁨 하나
가득이요

영광도
즐거움의
원천이라

거듭나다

마음 깊숙이
흠뻑 젖으니
마음 또한
기쁨이오

내 영광
즐거움만 묻으니
내육도
황천길에서
견디어
즐겁고 편안 일들만
안전히 거듭날 일이오

은혜

내 영혼 하찮게
생각하지 아니하시며
흙탕물 속에서
인고
기다려 주시니

주의 거룩한
영롱함은
내 영혼을
썩지 않게 하심이
은혜로움뿐이요

화평

주께서
한 생명마다
소중함 안주하시니
길로 인도하시며

내게
내 비추시며
주의 앞에는
기쁨에 잔치뿐이요

충만함과 우편에는
영원함 즐거움뿐이니
밝은 화평이라

귀 기울이다

여호와여
정직함 진심을
들으소서

나의
울부짖음에
소리를

거짓 없는
내 진실함에
입 메아리 소리를

내 절실한
기도의 모습은
귀를 기울이소서

공평

나의 행적들을
넓이 보시고

주 앞에 떳떳이
무릎 꿇고 앉아있으니

주의 보시는
관점으로
공평함으로
살피소서

시험

주께서
내 마음이
주께 묻혀있는지
시험 하시니
내 마음 편하리오

밤색 묻혀 있는지
바라보시니
내 마음 흔들림 없으니

주께서
나를 감찰하셨으나
흠마저도
찾지 못하셨더라

실족

사람의
행실 쫓아보니
그 행실에
논하면

주의 말씀 속에 뜻을
깊이 되새겨
포악한 자들
입방아 소리도
떠들어대는 자
실족시켜

아름다운
입방아 소리 울림
퍼질 것이다

안주하리오

주께서
하늘을 훨훨
날갯짓함을
그늘 아래서
음지
양지
어느 자리에 서든

나의 눈동자
보호받으심에
나의 마음
안주하리오

거짓

거짓된 자들은
기름 묻혀 잠겼으며
기름 모습 반들반들
윤이 난다지만

그 모습은
교만함만
넘실넘실
공든 탑만
쌓으니

한순간에
무너지리다

늠름한

걸어가는 길
내둘려
에워싸여
방해하니

땅에 떨어
자빠뜨리어
음원 발톱

은밀한 곳에
엎드린 채
젊은 힘에
늠름한
사자 같으리라

평한 돌

여호와께서
넓고 평한 큰 돌
기틀이시요

든든함을 지켜주시는
나를 세워 주시니
나의 하나님이시요

나를 추켜세우시니
나의 든든한 방패
나를 구원해 주시는

기둥 뿔이시니
나의 큰 산 큰 돌
쌓아 올린
성이시로다

불 밝혀

나의 찬송 받아
은혜로움에
얼굴 밝혀 보니

원수들에게도
구원받아
훤한 얼굴
불 밝혀

은혜로움 같이
어우러져
받으세

기쁨

나의
근심과 재난
여호와께
아뢰며

부르짖으며
나의 속마음
소리를
훔쳐보며

하나님께
울려 퍼져
호소하니
들으시니

그 은혜 또한
기쁨이오

우렛소리

여호와께서
하늘에서
천둥소리
우렛 음이요

목소리
쩌렁쩌렁
전하시니

음성은
널리 퍼지니
그 소리는
우박과 숯불
불바다더라

불꽃 숯이 되어

분노 물결
파괴적이네
땅이 열려
떨림이요

진동으로
산맥이 터져
요동치더라
그의 진노는
하늘을 찌르니

태양 불빛은
연기로
피어오르니

입에선
불을 내뱉어
쏟아부어라

그 불들이
한적한
곳마저도

불꽃들이
숯이 되어
피어오르네

불빛 숯 밭

뭉게구름 타고
날갯짓으로
날으심이여
바람까지도
등 뒤에서
힘을 보태니
날갯짓은
더욱 힘차네

시커면 구름들이
반란 일으켜
흑암 절벽이요
물가에는
흑암과 어우러져

공중에는 빽빽한
시커면 구름에
둘러싸여 있지만
그 앞 지켜보시는
하나님께서는
눈여겨보시는

광채 빛을 끝도 없이
발산하시니
눈부심에
앞을 가리네

빽빽한
시커먼 구름이
지나면
바위만한
우박과
불빛 쏟아져 내려
숯 밭이로다

다시 태어남

어두컴컴한
행적들을
흩으심

쏟아붓는
번개 노승
쏟아붓는
지상 세계
어지러움
정리하시네

여호와께서
마음에 진정하시고
꾸지람과
콧김으로만
물밑이 드러나니
세상의 땅이
불쑥 나타났도다

장벽 허물다

저 높은 곳
오르지 못 하는 곳
허물어 버려
장벽이
사그라지니

기뻐하심이
온 천하
울려 퍼지네
밝고 맑은
세상이로다

곁에 안주하리

여호와 말씀
뜻에 따라
안주하니
나의 행적들을
깨끗함은 좇아
보시니

나의
여호와의 도를 지키시고
악한 마음 또한
존재치 않으니
내 마음
하나님 곁을 떠나지
아니한지라

한점 부끄럼 없다

모든
규칙과 정례
앞에 있으니
나에게서
형률의 적용
범례
버리니
아니 하였으니

내가 그 앞에
떳떳한 것인가
나의 죄악에서
스스로 버림
떨구어 잃어버림이니

여호와께서는
내 손이
한 점 부끄럼
없다는 것에
기뻐하셨느니라

잣대 판단

너그럽고 자비로운 자
주께서 보살펴 주시니
인도하심 나타나
완벽 완전

하심만으로 보이시니

맑고 청명한 자에게는
주의 영롱함을 받아
더욱 빛나리

악물한 자는
주께서 거스림만이
보이시리라

낮추시다

주께서
가련하고 곤고한
백성을 다스려
보살피시고 구원하시니

백성들 또한
행복이 넘치는 광경
느끼고 즐거워하리다

잣대 기준들이
중요시하시고
교만한 눈빛이 흘러
잔잔하다 하여도
눈은 낮추시리다

은혜

주께서
광채의 빛을 밝혀주시니
어두컴컴한 속에서
방황하는 것을
눈여겨보시고

훤한 세상이 밝다는 것을
느끼게 해주시니

그 영광 받아 사오니
밝은 은혜의 길은
그 우주와 견주리오

완벽하시다

하나님이 도는 완벽
또 완벽 그 성채 우주요

여호와의 말씀은
삶의 모든 문제의
정미하니

악물들에 둘러싸여도
피할 수 있는
방패시로다

양탄자꽃밭

여호와 외에
누가 하나님이요
우주 창조주 이 신분
하나님 외에
누가 안여반석이뇨

하나님 힘은
우주 다스림이니
그 힘은
내게 희미할 정도
흘리시니
그 빛 받고
내 가는 길마다
양탄자꽃밭이요

능력 받음

나의 발 끝자락
암사슴 꽃밭 마음
같게 하시며

나의 존재가치
높은 곳에 세우시며

내 손 마디마다
힘에 조정 일깨워 주시니

내 팔에 힘 정기 받아
놋 활은 서슴없이
당기니

악물들을 멸하는
능력 안으셨도다

세우시다

주께서
힘 원천
능력 주시니
방패를 끌어안고

주의 오른손이
나를 지켜주시니

주의 보살핌
온유함
은혜받다

나를 크게
세우셨다

지키심

내 걸음 걷는
길마다

폭을 넓고 넓게
하시니

지키심에
실족치 않게
하셨으니

나 또한
믿음 마음이
하늘을
찌르리오

일깨워

죄인들
죄를 사하고자
부르짖으나
구원 손길이
닿지가 않으니
또
소리쳐
여호와께
부르짖어도
대답 없으시니

저희 죄를
바람 앞에
무릎 꿇어
사죄 올리니

바람들은 냉철하게
산산조각 내
부숴버리니
그 뜻을 알 수 없으나

하나님께서
깨우침 일깨워
주셨으니

그 죄들
바람 속에 묻혀
깨끗이 날려버려
죄가 없이
말끔하다는 것을

춤을 추네

주께서
내 원수들을 몰아
내 등 뒤로 업어
짊어지게 하시고

감싸 안으며 다독이며
사랑으로 꽃이 피어
새로운 탄생 꽃으로
피어나게 하시니

미워하는 마음
저주하는 마음

끊어 버리니
꽃향기만
춤을 추네

섬기다

백성들의
다툼 속
불침
흘러 강물이
넘치니

온 나라 세우신
하나님께서
내가
알지 못하는
열방 소리에
메아리 울려

모든 백성들이
여호와께
섬기리이다

다시 세우소서

이방 자손들의
거대함은 물이요
쇠하니
이 빠진 사자 이빨이니

견고한 곳을 보면
의태로움에
경기만 차니

여호와
계시는 곳
나의 반석
환송하며
내 구원의 하나님
높일지라도

하나님께서는
거대함으로 다시
세워 주시니

나를 대신 보복해 주시고
민족들이
내게 복종하게
해주시니

거대함으로
충만 받아
거듭 일어나느니라

자손만대...대대로

여호와께서
행복하고 달콤한
음색깔 보내주시니

주의 이름 거룩함
찬송하리오

왕에게는
우주 넓음 황홀함
구원 주시니

여호와 뜻
잘 헤아려
섬기는 자들
기름이 넘쳐
그 부음 이루니

여호와께서
다시
베풀 마음
우주요

영원토록

자손만대

대대로

복에 염원

이어갈 것이다

온 세상 천국잔치

하나님께서
축포 쏘시니
은혜가
지상으로
쏟아붓네

하늘과 땅
공간들
제멋대로
춤을 추고 있네

춤 모습 다양하네
천사들도
좋아라고
나팔 소리
쩌렁쩌렁
천지를 뒤덮어
울려 퍼지니

모든 만물
좋아라고
어깨 덩실덩실

천양지차
온 만물
축복받으니

온 세상
신불 이상세계
천국이 따로
없다네

소리음파

낮에 말을 쏟아붓네
깊은 밤 꿈속에서
담은 지식 쌓아놓으니
세상 이들에게
전하고 또 전하네

언어가 없으면
말씀 또한
없다는 것

음파 소리가 없다면
너무 슬픔 마음뿐이라

소리 음파는
온 땅 천지에
퍼지고
하나님 말씀
세상 정점부터
우주정점 끝이 없으니

하나님께서
베푸셨다는 것에
감복이요
해를 위해서
하늘에 장막 쉼터를
구축하셨다는 것을
축복 속에
은혜라

율법은 귀중한 보물

여호와의
율법은
모든 이들의
규범
삶의 규칙
룰
인도하심이니

거대한 성채 모습
여호와께서는
우둔한 자를
지혜를 주시고
일깨우는 교훈
정직함이
우러나오니
마음 또한
기쁨을 감추네

계명 율법 또한
순결 순수한
눈을 밝게 비추니

모든 이들은
선한 천사와 같은
마음을 간직해주는
우리들의 귀중한
보물이네

쓰나미

주께서
나를 높이 세워주시니
내 주위 원수들을
내둘려 끌어 내주시고

나를 적대 관계있는
곳마다
쓰나미 쓸듯이
몰아내시고

나를 저 높은 곳에
앉게 하시니

하나님 앞에 서면
몸 둘 바 모르리오

여호와께서는 의로우시다

여호와께서는
모든 엄중함으로
잣대를 잡아주시니
존경하며
공경하니
또한
두려워하도다

도는 득이요
매우 청렴 깨끗함이요
깔끔하여
영원까지
맑고 깨끗함이
수정체보다도
더 빛을 발하는
곳까지
도달하시니

법도
속 깊은 진실이요
모든 것이
의로우시다

여호와께서는 더 달도다

여호와께서는
순금 덩어리가 산을 이룬다
할지라도
더욱 간절히
사모할 것이며

꿀의 달콤한 유혹
여색의 쾌락 유혹
보다도
더 달도다

죄의 허물 벗어나고파

본인의
죄악 저지른
악물들

주께서 경고받고
용서 회개하니
말끔히 씻으므로

율법
인간 행위에
상응하는
상이 크고 크나이다

자기 죄의 허물
허세들이니
사놓다
회개하여
허물어 버려라

깨달음에 원본이요
주여 나의
허물들을
말끔히
벗어나게 하소서
아멘

개가를 부르며

원하고
원할 때마다
하고자
하는 일마다
소원대로
허락하시니
모든 계획을
다 이루어지리다

기도에
소리 메아리요
원하지만

우리가
너의 승리도
개가를 부르며
즐거워하니

하나님
부르심에
우리의 합당한 삶
높은 곳에
깃발을 세우니

여호와께서
어떠한 기도를
이루어 주시니라

무거움이 가벼워졌더라

여호와여
왕이 주의 은혜로
힘에 기둥을 받아
기뻐하며
하늘 높이 크게
즐거워하리니

마음 깊숙한
속마음
원하고 원하니
소원을 응답해주시니

그가 가슴속 말들을
뭐든지 응답해 주셨으니

주의 영롱하신 말씀
복들이
가지가지마다
주렁주렁
여물어 열리니

멋진 순 황금관을
무게 아랑곳하지 않고
그의 머리에 씌우니
무거움이
가벼워졌더라

영원한 장수 얻으리라

생명의
중요성
일깨워 주시며
다시 새 삶을
이루게
해주시니

곧
영원한
장수를
맞이할 것이니

주의 보살핌 속에
그늘이 없고
화창한 날씨로다

존재가치

소중함 여기니

존귀

위엄

그에게

무게감을

안주해 주시니

깊은 은혜에

감사 기도드립니다

아멘

빛 발한다

더불어
한곳에 의지하며
함께 어우러져
삶을
영원히 지속되는
그런 빛을
발하지만

다른 곳에 말을
의지하나

우리 모두는
하나님에
이름을
드높여
자랑만
일삼으리라

멸망 길에서 높이 세우다

환난 날
여호와께
부르짖으라
들이닥치면
답하시기를
의인들에게
하나님의 말씀으로
너를 끌어올려

성소마다 시온에서도
너를 높이 세우거니와
네 모든 영향력을
내려주셔서
그대 몫은
잊지 않으시니

네 번제로
눈여겨 봐주시니
네 마음의
소원성취 이룸에
허락하시고
그 말씀은 지키시고
네 모든 계획을 일러주시고
행함에
이루게 해 주시니라

구원 하소서

하나님이시여
어찌 나를 멀리
하시니

관심 없으시니
나 또한
음성을 듣지 못하니
내 죄가 무성하리요

그 죄가 관심밖에
있으니
첩첩산중 끝없는
나래의 길이요

악마 손까지 뻗쳐
더럽힘을 덮여 사 오니
내 신음소리 들으시고
나를 관심 속으로 끌어들여
나를 악 구렁텅이 속에서
구하여 주소서

찬송 속 메아리 빵빵 소리
들려주소서

악에 손아귀에서
건지셨나니
감사드리옵니다
아멘

인간의 탈을 쓴 거포 구원 하소서

나는 버러지요
인간의 탈을 쓴
거포이니

사람마다
조롱거리니
백성들의
비난의 원성이요

나를 보는 자들마다
쓴웃음 비웃거리니
나 또한 화가 원성을
하늘을 찌르니
보는 사람마다
시해하니
그들 또한 두려움에
벌벌 떠니
나도 이런 짓거리를
벗어나고파 하니

여호와께
간청 드리옵나이다
구원의 손길은
가는 길마다 뻗치게 하소서

오직 주께서는
모태에서 건지셨으니
끝까지 책임을
청하 옵니다

나의 어머님 젖무덤이
내 밥상 빨아먹었으니
옛정을 생각하시여
나를 올바른 길로
인도하여 주시옵소서

하나님은 진실 된 눈물을 보았다

백성주권은
권리요
지킴은
자기 할 탓

여호와께서는
내 말 따르니
좋다 하시며
복을 주시리라

기도 또한
진심을 보았다
네 눈물 또한 보았고
내 마음 움직였으니
네 고충을 해결하리라

너는 성전을 올라갈 것이다
네 생애를 15년 연장하고
그 또한
너의 성채도 더 크게
너의 종 또한 늘려줄 터

시기하는 자들을 조심하거라
성을 더욱 단단히
보호해 주리라

곤고 지나가면 부유함 찾아온다

곤고함 따위는
두렵지 않으니
곤고함 무시함
견딜 수 있으나

하나님께서
그것들을
그에게 진실 된
마음 표정만
보아도
숨기지 아니하셨다

곤고함으로
힘든 고통
생각할 때마다
울부짖었으니
안타까울 뿐

하나님께서 말씀
곤고함 속에서
깨우침 받으면
부유함이
찾아온다는 것을

버리지 마소서

멋들어진 하늘
떨어져 내려와
세상 밖으로
밀려 왔지만

주께서
하늘나라에서
쫓아버려
지상 세계에서
멀뚱멀뚱 떠돌이 신세

모태를 걸쳐 나왔지만
나의 주님은
오직 하나님 한 분이시니

나를 멀리 두지 마소서
환난에는 누가
하나님을
도우리오

저는 오직
의지할 분은
하늘을 이루어놓으신
하나님 한 분이시니
저를 불쌍히 여겨
버리지 마소서

주찬양 영원히 살 것이다

큰 권중 앞에
나의 찬송은
주께 영원할 것이요
주를 공경하며
두려운 자들
다 내게로 오너라

마음속 깊이 맹세
소원을 세울 것이니
꼭 갚으리라

겸손한 자는 삶이
항상 넉넉할 것이요
여호와를 찾는 자
어디서든
찬송에 나팔 불러올 것이니
너희들 마음은 주 앞에서
영원히 살 것이라

주 앞에 무릎 아래 꿇다

땅의 모든 만물
생명들 끝은
여호와를
기억 속에서
맴돌 것이며

지상 세계
모든 나라
모든 만인들
주 앞에 무릎 아래
꿇고 경배하고
진실 된 마음속
영원히
예배하리라

모든 영혼 살리신다

우주 천지
온 나라들을
여호와 것이요
여호와께서
모든 나라의
주인이시니

세상에는
모든 풍성함으로
채워주실 것이요

황금은 진토뿌리 빛이요
그 속 깊이 내려가는 자
자기 영혼
살리지 못한 자
그 앞에서
경배하고
예배하라
모두 영혼을
살리실 것이다

주께서 행동 강령 이로다

대대손손
후손들이 본받아
거듭나며

주를 전파 복음 하여
메시지 또한
묻혀 전할 것이며

그의 공의를
태어남부터
삶 끝나는 날까지
온 만민들에게
전함이니

주께서는
이를 행동강령
이로다

참 회

이상황 제2시집

초판 1쇄 : 2018년 1월 24일

지 은 이 : 이상황

펴 낸 이 : 김락호

디자인 편집 : 이은희

기 획 : 시사랑음악사랑

인 쇄 : 청룡

연 락 처 : 1899-1341

홈페이지 주소 : www.poemmusic.net

E-Mail : poemarts@hanmail.net

정가 : 10,000원

ISBN : 979-11-86373-98-9